笑いあり、
しみじみあり

シルバー川柳

人生ブギウギ編

みやぎシルバーネット＋河出書房新社編集部 編

河出書房新社

本書は、宮城県仙台市で発行されている高齢者向けフリーペーパー『みやぎシルバーネット』に連載の「シルバー川柳」への投稿作品、および河出書房新社編集部あてに投稿された作品から構成されました。

投稿者はみな、六〇歳以上のシニアの方々です。『みやぎシルバーネット』への投稿者の多くは仙台圏在住の方ですが、それ以外の地方から投稿されている方もいます。また河出書房新社編集部へは、全国の皆さんが川柳をお寄せくださっています。なお作者の年齢は、投稿当時の年齢を記載しております。

本書の選句は二〇二三年一二月に行いました。

能登半島地震で被災された皆様の生活が一日も早く平穏に復されますよう、お祈り申し上げます。

黄泉《よみ》の国
産んでみたいな
翔平を

衣鳩智恵子（77歳）

クラス会
憧れの彼
来るかしら！

鈴木和子（83歳）

さし色を
ピンクで決めて
若やかに

斉藤恵美子（96歳）

恋もどき
もどきでいいの
あとわずか

田中倶子（83歳）

火葬場が
混んでいるから
生きてやる

餘目忠吉（87歳）

火葬場は
熱くない釜《かま》
えらんでね

松田瞭子（97歳）

誘ってよ
団扇《うちわ》揺らして
叫びたい

堀越由紀子（69歳）

歌声で
飲み込むための
ノド鍛え

石川勢津子（86歳）

純烈の
追っかけやりたい
杖《つえ》共に

上村つや子（80歳）

もう一度
髪を伸ばして
縦ロール

鈴木洋子（86歳）

白髪染め
もうやめました
追いつかん

宮井逸子（94歳）

「異常なし」あるから病院来てるのに!!

今井慶子（89歳）

ほめられて
のびる老人
この私

増永祥子（79歳）

今年こそ
ぼけてやります
悪しからず

上村 栄（70歳）

仏壇が
ピンからキリまで
婆まよう

塚本洋子（90歳）

仏壇屋
声をひそめて
「バーゲンです」

野澤裕子（80歳）

国産仏壇
日本の心
仏壇・位牌
日本の心
お線香
ご進物用・普段使い用・微煙・短寸・墓参用

この歳で
古ラブレター
ほほ火照《ほて》り

阿部栄一（85歳）

老いてなお
密かに疼《うず》く
恋心

山本敏行（97歳）

ぐりとぐら
何か似ている
爺《じじ》と婆《ばば》

佐々木浩幸（62歳）

お爺さん
呼べど応えぬ
あら案山子《かかし》

新井良子（95歳）

やせたわね
超デブ隣
風呂の席

久慈レイ（95歳）

身の丈が
二寸ちぢみて
デブになり

勝又千恵子（82歳）

よろめくや
十年前は
フラガール

今井慶子（89歳）

苦手です
歳をとるのは
苦手です

清水潤（70歳）

顔ババア　心は乙女　クラス会

中尾美恵子（76歳）

家事できる
残存能力
フル活用

中尾美恵子（76歳）

初失禁
老いるショックの
スタートだ

西木場かず子（73歳）

特養へ
勝負服着て
面会へ

佐藤優子（75歳）

口元の
シワを笑顔に
変えるテク

結城勝子（79歳）

ラガーたちの
パンツがスパッツ
色っぽい

神倉重治（73歳）

ブリーフに
包んで一物
冬《ふゆ》最《も》中《なか》

栗栖三男（87歳）

脳枯れる
手入れしないと
アソコもね

服部喜栄子（94歳）

お婆さん
おいくつ？
私はタイクツじゃ！

山内峯子（93歳）

娘から
孫《まご》頼まれる
今が旬

桜井啓子（70歳）

婆《ばば》の部屋
たて横ななめ
孫寝てる

中村勇子（70歳）

扇風機
足でオンオフ
孫《まご》真似る

衣鳩智恵子（77歳）

ピカピカの
孫の手紙に
漢字増え

秋葉秀雄（76歳）

子に残す
逆境に強い
遺伝子を

岡部ミナ子（77歳）

特集 今どきシニア

シルバーがデジタルに弱いなんて、今は昔。
今のシニアは、スマホもラインもお友達。
ちょっと苦労はするけどね、果敢に挑戦！

髪抜けて
認証のため
カツラ買う

村田稔（71歳）

化粧あと
反応しない
顔認証

叶芳雄（75歳）

細かき字
スマホで撮《と》って
拡大し

二階堂喜久子（77歳）

ライン見て
既読待てずに
電話する

平野洋子（70歳）

スマホない
元の生活
忘れたよ

野澤裕子（80歳）

画面への
タッチが強く
指《し》紋《もん》跡《あと》

児玉悟（76歳）

指先が
慣れたと思えば
機種替わり

渡辺勝江（85歳）

遺影にと撮《と》った写真でマイナカード

千葉洋子（72歳）

日常が
アプリサプリと
忛《せわ》しなく

佐々木克夫（82歳）

ライン友
増えて張り切る
姉90才

結城勝子（79歳）

メルカリで
着物売って
たまご買う

中鉢紀雄（82歳）

パソコンで
買い物便利
覚えたよ

佐藤信夫（75歳）

良き知らせ
昔対面
今スマホ

鈴木文子（81歳）

愛おしい
今はスマホで
過去は妻

中田利幸（70歳）

体《からだ》案じ
既読確認
何回も

日野実千代（73歳）

ライン来た
センスあること
返したい

村上泰子（83歳）

カワイイと
撫《な》でてもらえる
ハゲ頭

石川 昇（70歳）

禿《は》げてから
禿《は》げぬ男が
憎くなり

山田 明（72歳）

禿《は》げ頭
私のコピーか
息子達

室 晃二（82歳）

はげ頭
床屋に欲しい
ツルリ割

庄子春吉（80歳）

どこを切る
ハサミ迷わす
夫の髪

山崎けいこ（87歳）

もみもみも
健全なんです
頭皮には

やめなさい
つむじ探すの
そこ広場

2句とも、村田稔（71歳）

もう六時
もうろくじじいに
マジ聞こえ

もう今じゃ
3が8
5が6に見え

もう歳だ
妻の手の鳴る
方《ほう》へ行く

年収欄
マイナスと書く
お爺ちゃん

ゴキブリに
老いのスリッパ
追いつけぬ

自虐ネタ
詠《よ》んでるうちは
まだ元気

6句とも、島田正美（74歳）

クシャミでも
起きる
強烈腰痛症

柳村光寛（70歳）

痛いけど
みんなやさしい
入院中

佐藤ツネ子（83歳）

名月も
おぼろに見えて
白《はく》内《ない》で

中田富士雄（89歳）

骨折で
ずばり老後を
垣《かい》間《ま》見《み》る

西巻久子（82歳）

年金で暮らせれるのは10日だけ

近藤圭介（70歳）

年金の
範囲で浅く
お付き合い

近藤圭介（70歳）

年金日
足腰シャンシャン
若返り

岩見弥生（95歳）

職業欄
ご意見番と
太い字で

夫逝《い》き
「寂しいでしょ」と
何故決める

イケメンの
介護来る日は
遺影伏せ

3句とも、清水潤（70歳）

墓地抽選
外れてなぜか
ホッとする

神 市子（78歳）

墓地ですか
お高いですね
死ねないね

佐藤洋子（80歳）

葬儀社のセールストークも失礼な

町田猫子（94歳）

いつだって
ハイという妻
それは夢

大森 晃（66歳）

ホッチキス
閉じてやりたい
妻の口

飯野栄次（72歳）

40年
熟成された
妻の愚《ぐ》痴《ち》

近藤圭介（70歳）

古女房
姿形
味まで落ちた

渡辺佳都子（81歳）

嫁のメシ
すべてビビンバ
混ぜて食う

神倉重治（73歳）

「何食べる？」聞くだけ聞いて「出前取る？」

川添賢次（74歳）

腰痛で
初めて妻の
手を握る

山田明（72歳）

おおきにと
言えぬ夫は
昭和産

山崎けいこ（87歳）

いい夫
今ではどうでも
いい夫

狩野やす子（84歳）

爺次第
機嫌よければ
愛します

及川光子（79歳）

お買い得
だったと思う
妻といる

堀江喜代彦（75歳）

まだ来るな
亭主があの世で
指示を出す

安藤恵子（79歳）

来世も
一緒になるほど
バカじゃない

白坂昌子（71歳）

チャンネルを
争った夫
もういない

幸せが
最後に来たよ
子と同居

これでいい
これでいいのさ
八〇年

残る日を
幸せな句で
埋めていく

4句とも、松山敬子（83歳）

初々しい新婚時の家計簿出てキタド

57年前
あん・ジャム・クリームパンは
8円

食パン1斤
25円 私の給料
一万二千円

3句とも、鈴木良子（80歳）

シニア会
下着はおニュー
もしかして

栗栖三男（87歳）

孫が来る
仕舞う大人の
ＤＶＤ

川島善夫（79歳）

誕生日あと10回は迎えたい

浅利勝志（82歳）

ゆれている
地面じゃないよ
アンタだろ

木下隆介（86歳）

加齢臭
あなたとっくに
過齢臭

中田富士雄（89歳）

ボケたかな
靴下脱がず
風呂入る

成澤治雄（89歳）

タバコ酒
ギャンブル止《や》めて
ボケてきた

山田明（72歳）

不眠症
医者はきっぱり
昼寝るな

古宮孝一（63歳）

年老いて
あれも面倒
これもそれも

清水潤（70歳）

食べ物の
少しのカビは
ペニシリン

衣鳩智恵子（77歳）

水を摂れ
指導通り
頻《ひん》尿《にょう》に

駒場正芳（69歳）

平等に
美人の友も
祖母の顔

いろいろと塗り
何を飲んでも
米寿きた

使い切るまで
頑張ってみる
口紅を

3句とも、長谷川幸子（89歳）

薄頭
望みは捨てず
柑《かん》気《き》楼《ろう》

岩元辰久（88歳）

通販の
番組みてたら
夜が明けた

阿部澄江（69歳）

この顔で
いろいろ試した
化粧品

村下淑恵（65歳）

初回だけ
安くされても
後恐い

柏崎英子（83歳）

孤独感
子には言われぬ
長い夜

松本京子（91歳）

3回か
俺は4回
夜トイレ

四時起床
九時に昼寝し
夜を待つ

老臭を
レモンでかくす
恋心

3句とも、山本智志（84歳）

九〇歳以上の川柳の部屋
～あっぱれ！ 人生の大先輩～

長生き上手の先達たちの、
さりげない日々のつぶやき。
目の前の出来事、
いいこともそうでないことも。
時にやるせない気持ちも、
川柳にして生き生きと！

ちらし寿司
盛《も》りが綺《き》麗《れい》な
敬老日

服部万吉（102歳）

編みだした
一人しりとり
暇つぶし

斉藤恵美子（96歳）

最近は
忘れるよりも
覚えない

天野ハル（91歳）

郵　便　は　が　き

恐れ入りますが
63円切手を
お貼り
ください。

1 5 1 0 0 5 1

（受取人）
東京都渋谷区千駄ヶ谷2の32の2

河出書房新社
『シルバー川柳』
愛読者カード係 行

お名前	年齢：　　歳 性別：　男・女
ご住所 〒	
ご職業	
e-mailアドレス	

弊社の刊行物のご案内をお送りしてもよろしいですか？

☐郵送・e-mailどちらも可　☐郵送のみ可　☐e-mailのみ可　☐どちらも不可

e-mail送付可の方は河出書房新社のファンクラブ河出クラブ会員に登録いたします（無料）。
河出クラブについては裏面をご確認ください。

ご記入いただいた個人情報は、ご希望の方へのご案内送付や出版企画の参考等に利用、ご感想は弊社の新聞・雑誌広告、HP等で掲載させていただくことがございます。ご了承ください。上記目的以外では使用しません。

愛読者カード『　　　　　　　　　　　　　　　　編』を読んで

空欄にお読みの書名(『シルバー川柳○○編』の○○部分)をご記入ください。

●どちらの書店にてお買い上げいただきましたか?

地区:　　　　　　　都道府県　　　　　　　　　市区町村

書店名:

●本書を何でお知りになりましたか?

1.新聞/雑誌(＿＿＿＿＿＿新聞/広告・記事)　2.店頭で見て

3.知人の紹介　4.インターネット　5.その他(　　　　　　　　)

●定期購読している雑誌があれば誌名をお教えください。

●本書についてご意見、ご感想をお聞かせください。

わあ安い
つい買っちゃうの
この年で

松田瞭子（97歳）

年忘れ
年間購読
ちょっと心配

中村一枝（90歳）

手をつまみ
富士山出《で》来《き》て
日本一

森下としへ（96歳）

テレビも壊れ
私も壊れ
オンボロロ

宮脇和恵（96歳）

年かさね
心はまがる
淋《さみ》しがる

狗飼艶子（94歳）

百過ぎて
賀状まったく
来なくなり

塚原武晴（102歳）

寝つくまで
お手てつなげと
妻せがむ

大須賀博（90歳）

野郎より
見どころ多彩
女子ゴルフ

白木幸典(94歳)

息子らよ
あせるなこけるな
先逝《い》くな

百合草江つ子（101歳）

知らぬ間に
百に近づき
生きのびた

森下としへ（96歳）

ぐっすりと
やすみましたと
寝坊ほめ

久慈レイ（95歳）

亡き夫《つま》と
共にアルプス
旅に来て

「よかったよ」
旅の楽しさ
語りかけ

2句とも、三舟美佐子（83歳）

アレ持って
アソコへ行って
アレをする

忘れ物
忘れた人は
もう逝《い》った

2句とも、田中倶子（83歳）

ピアノ弾《ひ》く
指は走れど
のろい足

荒津厚子（70歳）

この世には
行きも帰りも
まるはだか

衣鳩智恵子（77歳）

花びらを
ふまずゆっくり
リハウォーク

佐藤紀子（83歳）

徒然《つれづれ》に
浮かぶ友在《あ》り
切手貼る

文屋文江（70歳）

出席者
増えること無し
同窓会

有元克英（86歳）

同期会
生き残り会と
改める

中沢常夫（87歳）

杖《つえ》片手
止まって拝む
お地蔵さん

松浦しづ子（81歳）

千葉・野際
あの世で旅は
キイハントー

肥大妻
昔ハニー
今ハミー

若返り？
無理です
老いるマッサージ

風俗で
故郷《おくに》を問えば
おっぱいどう

4句とも、中沢民雄（70歳）

値上がりで
花より団子
トマト植え

専徒直子（86歳）

かみついた
とうもろこしは
今スープ

小高辰子（86歳）

生前に
分けてしまえば
見捨てられ

高松光子（76歳）

我が一生
稼いだ金で
ホーム入り

天野ハル（91歳）

金値上げ
売るに売れない
金歯です

西川宜孝（85歳）

久しぶり
炊いた煮しめに
高評価

横尾千枝子（86歳）

驚いた
いわし秋刀魚《さんま》は
高級魚

有元克英（86歳）

ペデュキュアも
一緒にデビュー
フラダンス

島田順子（79歳）

血圧計
そばに置きつつ
バスケ見る

阿部澄江（69歳）

ネックレス
つけたら爺《じ》爺《じ》に
ポチみたい

服部喜栄子（94歳）

能《の》登《と》の旅
妻の化粧は
輪島塗

近藤圭介（70歳）

本書の選句は2023年12月に行いました。
能登半島地震で被災された皆様の生活が1日も早く平穏に復されますよう、お祈り申し上げます。

後輩の
筆の乱れに
こころやむ

小高辰子（86歳）

台フキン
絞る甘さに
老いかんじ

大友寛子（87歳）

二十分
昔五分の
歯医者まで

石川 昇（70歳）

鼻も痩《や》せ
ずり落ち易《やす》き
サングラス

柳村光寛（70歳）

ミニ仏壇
春を呼ぶよな
色望み

遠藤英子（86歳）

金ピカの
仏壇貴方《あなた》
らしくて良い

鈴木宏子（76歳）

満足と
父はささやき
目を瞑《つぶ》り

中田利幸（70歳）

いつかくる
写真の中に
引っ越す日

鈴木かつ子（73歳）

エンディング
ノートに自白
する秘密

鈴木宏子（76歳）

亡夫《つま》の背《せな》
流すが如《ごと》く
墓洗う

山岡京子（89歳）

墓の前
ワルツを踊る
赤とんぼ

石川美代子（83歳）

昭和六十二年八月再建

位牌見て
エンブレムだね
と言う孫

澤田石廣道（71歳）

期待した
父の遺言
遺産なし

遠藤洋子（71歳）

香典の
行ったり来たり
おあいこよ

久保山佳明（81歳）

遺言書
私に全部と
ババにらむ

浅利勝志（83歳）

生かされて
役目終われば
骨壺《つぼ》の中

衣鳩智恵子（77歳）

かあさん
そちらでは何歳
でいるの

佐藤昭子（71歳）

高い場所
嫌いで天国に
行けません

今井慶子（89歳）

格好いい
遺影欲しくて
自《じ》撮《ど》りする

矢口敬治（85歳）

かつら付け
遺影写真を
用意した

堀江喜代彦（75歳）

嬉しいわ
あなたは今も
若くって

阿部律子（71歳）

思案中
遺影撮《と》る日の
勝負服

東 啓子（75歳）

婆《ばあ》の喪は
笑って飲めと
遺言す

久慈レイ（95歳）

遺影決め
百が待たれる
清《すが》し朝

本郷祐子（82歳）

朝楽しく
皮算用の
株式欄

田中利子（98歳）

笑ったら
どこかに消えた
いやな事

天野ハル（91歳）

一日が
ダイヤモンドの
百二歳

服部万吉（102歳）

【編者あとがき】

『みやぎシルバーネット』　編集発行人　千葉雅俊

活気が街に戻って、本当に良かったですね。コロナもおちつき、お祭りやイベントにも笑顔がいっぱい。シルバー川柳もあちらこちらに掲示されて、来場者をニコッとさせています。仙台市内の老人ホームにお住まいの久慈レイさんは、ホームで行われた作品展に川柳を10句出展（左ページの上の写真）。川柳仲間が、友だちを連れて見に来てくれたそうです。同じく仙台市内の介護老人施設で開催された芸術祭でも、川柳が展示されていました。出展したのは、施設にリハビリで通っている岡本宏正さん、幸子さんご夫妻。「介護サービスのありがたさをよんだ作品に、スタッフや利用者の皆さんが喜んでくださって嬉しいです」と話していました。

仙台市に隣接する富谷市のシニア向け学び舎『とみや学園』の受講生の皆さんも、4年振りに開催された富ヶ丘公民館まつりに川柳を展示されていました（下の写真）。これ

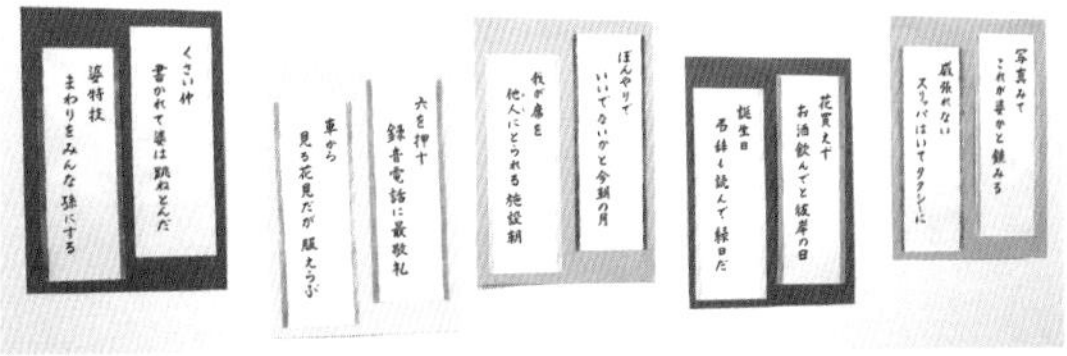

は、7月に筆者が講師となって川柳に関する講座を開催。その時に受講した皆さんが作句されたもの。皆さん始められたばかりですがなかなかの出来映え！ 出品された79歳の女性は「川柳を始めようと思ったのは、家にいる時間が増えたから。お陰さまで川柳が大好きになりました。何句か作って、友だちにほめられたものを出品しました」と、ご自身の作品を前に嬉しそうでした。川柳のサークルを作ろう！ なんていう話も、受講生の中で出ているそうです。

このように立派に飾られて、多くの人に見てもらえて作品たちも誇らしげ。やはり発表の場があると、創作意欲もアップしますね。笑顔の輪が川柳で広がりますよう、どうぞ末永く、作句をお楽しみください。

河出書房新社「シルバー川柳」編集部

二〇二四年が始まり、このシルバー川柳本シリーズも刊行十一年目に入りました。読者の皆さんから日々途切れなく届く作品投稿や感想のおハガキに励まされています。

●「クスッ」「ニヤニヤ」「アッハッハ」と一人暮らしでも笑いが起きます！　まず自分で楽しんでから、老人施設に入所している友人へのプレゼントに!!　より多くの人たちに楽しんでいただきたくて。（長野県　S・Aさん　78歳）

●同じ事を思っていて「ああ、あるある！」と。でも川柳にならない。私はまだ〝色〟に苦労している。ご長寿万歳!!　元気でね。（岡山県　S・Aさん　83歳）

●笑って笑って元気になった。介護でぐったり。もうやりきった。次は川柳投稿しよう。81歳の目標決まった。（東京都　W・Kさん　81歳）

同じ頃に生まれても過ごしてきた人生はいろいろ。でもシルバー川柳の本音のつぶやきに全国の見ず知らずの仲間たちとも心でつながれる。まさにシル川パワーですね。

昭和八年生まれ、90歳の前田秀夫さんは70歳から副題付きの四コマ漫画を趣味で週一回ペースから描き始め、実に一九〇〇回を越えるまでに。「漫画は身内知人の皆さんに配布していましたが、だんだん差し上げる方も激減しています」と編集部に作品を送ってきてくださいました。四コマ漫画×シルバー川柳！　わあ面白い!!　ほんの一部ですがここにご披露します。シルバー川柳に楽しみ方のルールなんてありませんね。シルバー川柳を足がかりに、皆さんが自由に心を伸ばしていただけたら嬉しいです☺

↑前田秀夫さん（90歳）のお手紙から

60歳以上の方のシルバー川柳、募集中！

ご投稿規定

- 60歳以上のシルバーの方からのご投稿に限らせていただきます。
- ご投稿作品の著作権は弊社に帰属します。
- 作品は自作未発表のものに限ります。
- お送りくださった作品はご返却できません。
- 投稿作品発表時に、ご投稿時点でのお名前とご年齢を併記することをご了解ください。
- ペンネームでの作品掲載はしておりません。

発表

今後刊行される弊社の『シルバー川柳』本にて、作品掲載の可能性があります（ご投稿全作ではなく編集部選の作品のみ掲載させていただきます）。なお、投稿作品が掲載されるかどうかの個別のお問い合わせにはお答えできません。何卒ご了解ください。

あなたの作品が本に載るかもしれません！

ご投稿方法

- はがきに川柳（1枚につき5作品まで）、郵便番号、住所、氏名（お名前に「ふりがな」もつけてください）、年齢、電話番号を明記の上、下記宛先にご郵送ください。
- ご投稿作品数に限りはありませんが、はがき1枚につき5作品まででお願いします。

〈おはがきの宛先〉

〒151-0051
東京都渋谷区千駄ヶ谷2-32-2
（株）河出書房新社
編集部「シルバー川柳」係

みやぎシルバーネット

一九九六年に創刊された高齢者向けのフリーペーパー。主に仙台圏の老人クラブ、病院、公共施設等の協力を得ながら毎月三五〇〇〇部を無料配布。高齢者に関する特集記事やイベント情報、サークル、遺言相談、読者投稿等を掲載。
https://miyagi-silvernet.com

千葉雅俊　『みやぎシルバーネット』編集発行人

一九六一年、宮城県生まれ。広告代理店の制作部門のタウン紙編集を経て、独立。情報発信で高齢化社会をより豊かなものにしようと、高齢者向けのフリーペーパーを創刊。シルバー関連の講演会などの活動も行う。選者を務めた書籍に『シルバー川柳』『超シルバー川柳』シリーズ（小社）、『シルバー川柳　孫へ』（近代文藝社）。著書に『みやぎシニア事典』（金港堂）などがある。

ブックデザイン	GRiD
編集協力	毛利恵子（株式会社モアーズ） 忠岡 謙　（リアル）
写真	ピクスタ
Special thanks	みやぎシルバーネット「シルバー川柳」読者、投稿者の皆様。 河出書房新社編集部に投稿してくださったシルバーの皆様

笑いあり、しみじみあり
シルバー川柳　人生ブギウギ編

二〇二四年二月一八日　初版印刷
二〇二四年二月二八日　初版発行

編者　みやぎシルバーネット、河出書房新社編集部
発行者　小野寺優
発行所　株式会社河出書房新社
〒一五一―〇〇五一
東京都渋谷区千駄ヶ谷二―三二―二
電話　〇三―三四〇四―一二〇一（営業）
〇三―三四〇四―八六一一（編集）
https://www.kawade.co.jp/

組版　GRiD
印刷・製本　図書印刷株式会社

Printed in Japan　ISBN 978-4-309-03168-2

次号予告

次の
第24弾
シルバー川柳本は
2024年6月ごろ
発売予定です！

次巻もお楽しみに♪
バックナンバーも好評発売中です。
～くわしくは本書の折り込みチラシをご覧ください～

河出書房新社
Tel 03-3404-1201
https://www.kawade.co.jp/